Ruth Rocha

O GRANDE LIVRO DOS MACACOS

ilustrações **Veridiana Scarpelli**

SALAMANDRA

1ª EDIÇÃO

Curadoria da obra de Ruth Rocha: Mariana Rocha
Texto © RUTH ROCHA, 2023
Ilustrações © VERIDIANA SCARPELLI, 2023
1ª edição 2023

DIREÇÃO EDITORIAL
Maristela Petrili de Almeida Leite

COORDENAÇÃO DE EDIÇÃO DE TEXTO
Marília Mendes

EDIÇÃO DE TEXTO
Ana Caroline Eden

COORDENAÇÃO DE EDIÇÃO DE ARTE
Camila Fiorenza

PROJETO GRÁFICO E DIAGRAMAÇÃO
Flávia Castanheira

ILUSTRAÇÃO DE CAPA E MIOLO
Veridiana Scarpelli

COORDENAÇÃO DE REVISÃO
Thaís Totino Richter

REVISÃO
Nair Hitomi Kayo

COORDENAÇÃO DE PESQUISA ICONOGRÁFICA
Luciano Baneza Gabarron

PESQUISA ICONOGRÁFICA
Izabela Miranda

COORDENAÇÃO DE *BUREAU*
Everton L. de Oliveira

TRATAMENTO DE IMAGENS
Joel Aparecido Bezerra, Luiz C. Costa

PRÉ-IMPRESSÃO
Ricardo Rodrigues, Vitória Sousa

COORDENAÇÃO DE PRODUÇÃO INDUSTRIAL
Wendell Jim C. Monteiro

IMPRESSÃO E ACABAMENTO
EGB Editora Gráfica Bernardi Ltda.

LOTE
782612

COD
120004544

Todos os direitos reservados

Editora Moderna Ltda.
Rua Padre Adelino, 758, Quarta Parada,
São Paulo, SP, Cep 03303-904
Vendas e Atendimento:
Tel.: (11) 2790-1300
www.salamandra.com.br
Impresso no Brasil / 2023

Dados Internacionais de Catalogação na Publicação (CIP)
(Câmara Brasileira do Livro, SP, Brasil)

Rocha, Ruth
  O grande livro dos macacos / Ruth Rocha ; ilustrações Veridiana Scarpelli. – 1. ed. – São Paulo : Santillana Educação, 2023.

  ISBN 978-85-527-3204-4

  1. Literatura infantojuvenil I. Scarpelli, Veridiana. II. Título.

23-164025   CDD-028.5

Índices para catálogo sistemático:
1. Literatura infantil 028.5
2. Literatura infantojuvenil 028.5

Cibele Maria Dias – Bibliotecária – C-RB 8-9427

Crédito das imagens (fotomontagens):
Página 14 – Macaco-prego com alimento na boca: © Jorge Coromina/500px/Getty Images; Dupla de macacos na água: © Prisma by Dukas Presseagentur GmbH/Alamy/Fotoarena
Página 15 – Madril selvagem andando: © Anup Shah/Nature PL/Fotoarena; Bugio na árvore: © Cassandra Cury/Pulsar Imagens; Macaco narigudo: © yusnizam/iStock/Getty Images
Página 18 – Macaco observando: © James R.D. Scott/Moment/Getty Images; Macaco com a mão na boca: © Images from BarbAnna/Moment/Getty Images
Página 19 – Macaco de pêlos mais claros: © Ion-Bogdan DUMITRESCU/Moment/Getty Images; Rosto do macaco: © nicolaykjarnet/500px/Getty Images; Macacos com a mão na boca: © Images from BarbAnna/Moment/Getty Images
Página 21 – Macaco de frente: © Benoit BACOU/Photononstop/Getty Images; Macaco de costas: © Wolfgang Kaehler/LightRocket/Getty Images
Páginas 22, 23 – Trio de macacos: © Bisual Photo/Alamy/Fotoarena
Página 31 – Jane Goodall com um macaco: © Kay Karl Ammann/Alamy/Fotoarena
Página 32 – Orangotango: © USO/iStock/Getty Images
Página 33 – Orangotango fêmea com dois filhotes: © Edwin Giesbers/Nature PL/Fotoarena; Orangotango olhando de lado: © Manoj Shah/Stone/Getty Images
Página 34 – Gorila: © Kevin Schafer/The Image Bank/Getty Images
Página 35 – Penny Patterson e Koko: © Jerry Telfer/San Francisco Chronicle/Getty Images
Página 36 – Bonobo fêmea com filhote: © ANDREYGUDKOV/iStock/Getty Images
Página 37 – Dois bonobos sentados: © MJ Photography/Alamy/Fotoarena; Retrato bonobo fêmea: © Anup Shah/Stone/Getty Images
Página 38 – Chimpanzé fêmea com filhote: © Anup Shah/Nature PL/Fotoarena
Página 39 – Chimpanzé caminhando: © Anup Shah/Nature PL/Fotoarena
Página 41 – Macaco na parte superior à direita: © Nikolay Bassov/Shutterstock; Madril selvagem andando: © Anup Shah/Nature PL/Fotoarena; demais imagens @Acervo Rijksmuseum
Página 42 – Charles Darwin: © Stefano Bianchetti/Bridgeman Images/Fotoarena
Página 43 – Charles Darwin sentado: © Bettmann/Getty Images; Livro "A origem das espécies": © Bridgeman Images/Fotoarena - Natural History Museum, London
Página 44 – Pesquisas de Charles Darwin: © Universal History Archive/Getty Images
Página 45 – Tentilhão: © Tui De Roy/Nature PL/Fotoarena

Ilustrações das páginas 16 e 17: © Miguel Colzani

LEITURA EM FAMÍLIA
Dicas para ler
com as crianças!

http://mod.lk/leituraf

*A todos os cientistas que,
trabalhando muito duro,
ampliam nossa visão de mundo
e nossa própria vida.*

Ruth Rocha

AGRADECIMENTOS

Compus este livro durante a pandemia de Covid-19.

Mas para a revisão, a correção e a finalização dele, contei com a colaboração de algumas pessoas.

Eu não teria conseguido terminá-lo sem a parceria da minha amada filha Mariana Rocha.

Contei também com uma revisão técnica feita por uma das minhas sobrinhas queridas, a doutora Juliana Machado Ferreira, a Juju. Ela passou alguns trechos para cientistas da sua confiança: Dr. Tiago Falótico, Dra. Nádia Moraes Barros e BSc Juliana Summa, que refinaram meus textos do ponto de vista científico. A editora também indicou um especialista, Leandro Jerusalinsky, que finalizou a revisão técnica, a quem também agradeço.

Contei ainda com a ajuda de um dos meus netos do coração, o desenhista Miguel Rocha Colzani, que ilustrou a página "Olha só a macacada".

Agradeço à minha assessora e amiga Verônica Costa, pela ajuda inestimável que ela me presta.

Aos ilustradores e à editora Salamandra com toda a sua equipe, que puseram o livro de pé.

Finalmente, a toda a minha família que me dá o apoio afetivo de que tanto preciso.

Ruth Rocha

Os macacos são muito engraçados, não são?

É que eles se parecem muito com a gente.
Você já reparou?
Eu preparei **O GRANDE LIVRO DOS MACACOS** para contar coisas interessantes sobre esses animais que até são nossos parentes.

O MACACO E A ONÇA

Vinha o Macaco pela estrada, tocando sua flautinha:

Firuli, firuli...

Nisso, ele ouviu uns gritos muito fortes, que vinham do mato.

O Macaco era curioso, foi olhar o que estava acontecendo.

E logo descobriu de onde vinha o barulho.

Era dona Onça que tinha caído numa armadilha: um buraco fundo, do qual ela não conseguia sair.

E a Onça gritava, urrava, pedia socorro...

– Me ajudem! Socorro! Me tirem daqui!

O Macaco ficou olhando.

Quando a Onça viu o Macaco, ficou toda animada:

– Olá, senhor Macaco! Que prazer! Há quanto tempo! Foi ótimo o senhor ter chegado! Vai me ajudar a sair daqui, não vai?

O Macaco ficou olhando:
– Se eu tirar a senhora daí,
a senhora vai me comer...

– Que nada, senhor Macaco! Se o senhor me fizer um bem, eu vou pagar com o mal?

– Sei não, dona Onça! Sei não!

– Que é isso, senhor Macaco? O senhor seria capaz de me deixar morrer aqui neste buraco, enquanto meus filhinhos ficam na toca me esperando? Eles vão morrer de fome!

O Macaco ficou com pena da Onça:

– A senhora não vai me comer?

– Eu não, seu Macaco! Eu juro!

O Macaco então botou o rabo no buraco.

A Onça agarrou o rabo do Macaco e num instante saiu da armadilha. Mas não desgrudou do rabo.

O Macaco ficou olhando:

– Larga o meu rabo, dona Onça!

– Eu não, estou com meu almoço na mão, não vou largar!

O Macaco reclamou:

– Mas dona Onça, a senhora me enganou! A senhora disse que o bem não se paga com o mal.

– Rá rá rá! – riu-se a Onça. – Quem é que acredita nisso? O bem se paga é com mal. E eu vou comer o compadre.

O Macaco ficou pensando:

– Dona Onça, qualquer um vai dizer à senhora que o bem se paga com o bem. Vamos fazer uma coisa. Vamos perguntar pra três companheiros. Se eles responderem que o bem se paga com o mal, a senhora me come.

Eles foram andando e encontraram o Boi.

O Macaco logo perguntou:

– Compadre Boi, o bem se paga com o mal ou o bem se paga com o bem?

O Boi, que estava zangado com todo mundo porque tinha perdido o emprego, logo respondeu:

– Ora, seu Macaco. Todo mundo sabe! O bem se paga com o mal.

A Onça sorriu.

Os dois continuaram a andar e encontraram o Burro.
– Senhor Burro – disse o macaco –, o bem se paga com o bem ou o bem se paga com o mal?
O Burro, que era muito burro, logo respondeu:
– O bem se paga com o mal, ora!

A Onça estava feliz da vida!

Os dois foram andando. O Macaco já estava desanimado. E a Onça seguia agarrada no rabo do Macaco.

Foi aí que eles encontraram o Coelho:

– Compadre, compadre... – falou o Macaco, muito desanimado. – Me diga, por favor: o bem se paga com o bem ou o bem se paga com o mal?

O Coelho não era bobo nem nada e já conhecia a Onça muito bem. Viu logo o que estava acontecendo.

Então o Coelho, em vez de responder, começou a olhar para longe e a contar:

– 1, 2, 3, 4, 5, 6...

A Onça ficou desconfiada:

– O que é que você está olhando?

E o Coelho:

– 7, 8, 9...

– O que é isso, Coelho?

E o Coelho:
– Será que precisa tanto caçador para caçar uma onça só?
A Onça não quis ouvir mais nada.
Saiu de pinote e se meteu no mato!
O Macaco e o Coelho se abraçaram contentes e o Macaco disse:
– Compadre, o bem se paga com o bem! Vou levar você para uma plantação de cenouras bem grande que eu conheço!
E lá se foram eles, bem alegres.
E o Macaco ia tocando sua flautinha:
Firuli, firuli...

SOBRE OS MACACOS

VERDADE

O macaco-prego, quando deixa cair os alimentos no chão, os esfrega com as mãos, expulsando a sujeira.

No Japão, no inverno faz muito frio. Em alguns locais há fontes de água quente, e os macacos adoram tomar banho nessas poças quentes.

O Mandril tem a cara colorida.

Os bugios ou guaribas coçam as costas com as mãos e os pés.

O macaco narigudo tem nariz grande.

OLHA SÓ A MACACADA

Lá no mato
Tem muito macaco.

O macaco-prego
Tá brincando de Lego.

O chimpanzé
Tá tratando do pé.

E o orangotango?
Só pode dançar tango.

E o gorila?
Tá no fim da fila.

O mico-leão
Tá comendo mamão.

MACACOS DESENHADOS POR
MIGUEL COLZANI

BRINCADEIRA

E o dourado
Tá comendo melado.

O da cara preta
Tá tocando corneta.

E o gibão
Tá tocando violão.

O babuíno
Tá tocando violino.

O macaco-de-cheiro
Foi para o pesqueiro.

Com o macaco-aranha
Tão pescando piranha.

Tudo contente!
Caçoando da gente!

MACACOS SAGRADOS
E OUTROS MACACOS

Para os hindus, os macacos são considerados sagrados. Em vários países, principalmente na Ásia, há templos cheios de macacos.

Em muitos lugares, os macacos ocupam as ruas e fazem uma grande confusão.

Na Índia, um bando de milhares de macacos invadiu palácios do governo, mexeram em tudo e até destruíram documentos.

Em Bali, uma das ilhas da Indonésia, há uma floresta reservada para os macacos. Quem visita essa floresta não pode incomodar os animais.

VERDADE

Em várias partes do mundo, bandos de macacos invadem as cidades. Mas eles fazem isso porque os humanos estão invadindo as florestas, derrubando as árvores e botando fogo para fazer plantações.

Os macacos vêm às cidades à procura de alimento.

OS MACACOS DE GIBRALTAR

Gibraltar fica no sul da Espanha e é governada pelos ingleses.
Em volta da cidade há muitos macacos, chamados macacos-berberes.

Eles vivem livres, invadem as ruas e fazem mil estripulias!

Entram em tudo que é lugar, até mesmo nas escolas, e levam embora até objetos dos turistas.

Eles são a única população livre de macacos que vive na Europa.

OS MACACOS DE NIKKO

VERDADE

Em Nikko, no Japão, há um edifício chamado Estábulo Sagrado. Na porta desse edifício há a figura de três macacos.

A ideia dessa imagem é exaltar a discrição:
não ouço, não falo, não vejo.
Ela ficou muito popular e hoje é mais conhecida como uma imagem da indiferença.

MACACO VELHO NÃO PÕE A MÃO EM CUMBUCA

Todo mundo sabe que os macacos são muito inteligentes.
Mas se até a gente, que é gente, faz umas bobagens, os macacos também fazem.
Alguns nativos da África caçam macacos pondo castanhas ou outras frutas dentro de cumbucas.
Cumbucas são vasos redondos com um pescoço fino.
Os macacos, para pegar as castanhas, metem a mão no vaso e fecham a mão, segurando os frutos.
Mas com a mão fechada, não conseguem tirar a mão de dentro da cumbuca.
Mesmo assim, não largam as castanhas: ficam sacudindo as cumbucas e, como estão distraídos, os nativos conseguem, facilmente, pegá-los.
Por isso se diz que macaco velho não põe a mão em cumbuca, porque eles já aprenderam o que pode acontecer.
Em alguns lugares do Nordeste brasileiro, infelizmente, também se usa essa forma de capturar macacos.

CADA MACACO NO SEU GALHO

Esse provérbio é muito antigo e quer dizer que cada pessoa deve ficar no seu lugar. Hoje em dia, a gente acredita que cada pessoa deve procurar o melhor lugar para ela.

MACACO, OLHA TEU RABO

Antes de criticar o defeito dos outros, perceba seus próprios defeitos.

EM RIO QUE TEM PIRANHA, MACACO BEBE ÁGUA DE CANUDINHO

Esse provérbio quer dizer que quando o perigo é grande, a gente deve tomar muito cuidado.

MACACO QUE MUITO MEXE, QUER CHUMBO

Antigamente se acreditava que quem aparece muito acaba se dando mal. Hoje nós achamos que aparecer não é um problema.

GRACINHAS DE MACACOS

BRINCADEIRA

Meio-dia,
Panela no fogo,
Barriga vazia.
Macaco levado,
Que vem da Bahia,
Fazendo careta
Pra dona Sofia.

Todo mundo se admira
Do macaco andar em pé.
O macaco é como a gente
Pode andar como quiser...

O macaco é engraçado,
Mas não fala
Pra não ter que dar recado.

Macaco parece gente,
Só que é mais inteligente!

A gente brinca que o macaco é mais inteligente porque realmente os macacos estão entre os animais mais espertos.

PRIMATAS

VERDADE

Quero falar aqui dos grandes primatas, que se parecem mais com os seres humanos do que os outros macacos: são os **ORANGOTANGOS**, os **GORILAS**, os **BONOBOS** e os **CHIMPANZÉS**. Todos eles têm o DNA muito parecido com os nossos.

O QUE É DNA

É um elemento que existe nas células de todos os seres vivos. Ele define como é que os seres vão ser: uma mosca, um elefante ou um pé de feijão. Vai determinar se uma pessoa vai ter olhos pretos, que o canguru-fêmea vai ter uma bolsa na barriga, se a flor da roseira vai ser branca ou vermelha.

JANE GOODALL

Os cientistas têm estudado muito os primatas.

Jane Goodall é uma cientista brilhante. Ela mudou a ideia que nós tínhamos sobre os animais, sua inteligência e seu comportamento.

Foi a primeira pessoa que observou um chimpanzé usando um galho para pôr dentro de um cupinzeiro e retirá-lo cheio de cupins, que ele devorou.

Isso demonstrou que o animal sabia usar a ferramenta. Ela também observou outros chimpanzés do grupo aprenderem a fazer o mesmo.

ORANGOTANGOS

VERDADE

O Orangotango é o maior animal que vive sobre as árvores.

O DNA dos orangotangos é 97% igual ao dos seres humanos. Eles se protegem da chuva construindo abrigos de folhas. Esse comportamento tem características de comportamento cultural, pois é aprendido e passa de geração a geração.

CULTURA

Cultura é o modo que se aprende e transmite conhecimentos para outras gerações.

GORILAS

VERDADE

Os gorilas são os maiores dentre os grandes primatas.

Eles também são muito inteligentes. O DNA dos gorilas é 98,4% igual ao dos seres humanos.

Nos Estados Unidos, a gorila Koko aprendeu com a pesquisadora Penny Patterson a se comunicar usando sinais.

Num evento na The Gorila Foundation, a gorila Koko se encontrou com Robin Williams, o grande ator. Quando ele morreu, anos depois, ela ficou sabendo da sua morte e fez, à cientista que a acompanhava, sinais correspondentes a uma mulher chorando.

Especialistas gravaram o que acontece com os gorilas quando um deles morre. Eles velam o corpo e, quando são mais chegados, dormem ao lado do morto. Deixam claro seu aborrecimento pelas mortes.

BONOBOS

 VERDADE

Junto com o chimpanzé, o bonobo é um dos animais que tem o DNA mais semelhante ao do ser humano: 98,7%.

Os bonobos são animais muito parecidos com os chimpanzés.

Ao contrário de outros grupos de animais, nos quais o macho alfa domina, entre os bonobos quem domina é a fêmea alfa.

CHIMPANZÉ

Os chimpanzés são um dos animais vivos mais próximos dos seres humanos, porque seu DNA é quase igual ao das pessoas (99% idêntico).

Algumas coisas que eles fazem, assim como outros primatas, são iguais aos seres humanos:

Têm emoções, que foram constatadas observando as chimpanzés mães com seus filhos.

Comunicam-se de várias maneiras, inclusive com imagens.

Usam ferramentas.

Têm comportamentos que podem ser evidências de cultura.

Aprendem por imitação.

Caçam em grupos, portanto, são capazes de colaborar.

Chimpanzés de alguns grupos, quando pegam castanhas, usam "luvas" de folhas para pegar os ouriços que têm espinhos.

Outros arranjam pedras e as usam como base, como se fossem uma bigorna, e batem em cocos para abri-los.

Alguns chimpanzés que vivem em savanas fazem "lanças" para pegar animais dentro de tocas.

MACACOS?

VERDADE

Tem gente que não gosta que se diga que nós descendemos de macacos.

Mas nós não descendemos de macacos.

Nós somos originários de um ser que viveu na Terra há cerca de seis milhões de anos e que deu origem a uma linhagem de macacos.

Se voltarmos mais para trás, vamos ver que descendemos de pequenas moléculas que viviam, provavelmente, no fundo das águas, que adquiriram a capacidade de se reproduzir, e deram origem a todas as formas de vida que há na Terra.

CHARLES DARWIN

Quem descobriu isso foi Charles Darwin, há duzentos anos.

Charles Darwin foi um cientista muito importante.

VERDADE

Na sua mocidade fez uma viagem de cinco anos e percorreu quatro continentes.

Observou muita coisa. Mas foi nas ilhas Galápagos, que ficam no Pacífico, a mil quilômetros do Equador, que ele fez as observações que o levaram à sua Teoria da Evolução.

Ele trouxe da viagem mais ou menos cinco mil espécimes que estudou, junto com outros cientistas, tirou suas conclusões e escreveu seu livro *A origem das Espécies*.

EVOLUÇÃO

VERDADE

Muitos cientistas se interessavam pelas modificações que os animais e as plantas apresentavam.

Mas foi nas Ilhas Galápagos que Darwin notou que os animais e plantas eram muito parecidos com os animais e plantas do continente, mas não eram bem iguais. E havia entre os habitantes de uma ilha e outra características diferentes.

Uns dos animais que ele mais estudou foram os tentilhões, que existiam nas seis ilhas, mas apresentavam diferenças entre si, especialmente nos bicos.

Ele logo percebeu que os bicos eram adaptados às condições das ilhas, especialmente aos alimentos.

ORNITHOLOGY. 457

1. Geospiza magnirostris.
2. Geospiza fortis.
3. Geospiza parvula.
4. Certhidea olivacea.

Mas como eles mudavam?

Não se sabia como.

Mas Darwin concluiu que, quando uma mudança favorece um ser vivo, ele fica mais forte, ou mais ágil, sua cor ajuda para que ele se esconda, ou facilita sua alimentação, ele se adapta melhor, vive mais e acaba tendo mais descendentes. Ele passa essas características para seus descendentes, que se adaptam melhor ao ambiente e se tornam maioria.

Esse processo se chama seleção natural e é um dos pontos principais da Teoria da Evolução proposta por Darwin.

A Teoria da Evolução foi confirmada por muitas descobertas que os cientistas têm feito nestes 200 anos depois de Darwin.

MEUS MARAVILHOSOS PARENTES

No Universo tudo se movimenta e se transforma.
Astros, cometas, plantas, satélites.
A Terra já foi muito diferente.
Vulcões, terremotos, desmoronamentos, enchentes, tempestades, ventanias, tudo isso contribui para que a Terra esteja sempre se alterando.
Houve um momento em que a Terra se converteu num espaço favorável ao aparecimento da vida: pela sua temperatura, pela existência da água e pelo aparecimento do oxigênio.
Então, provavelmente dentro da água, surgiram moléculas que adquiriram a capacidade de se multiplicar. E foram formando organismos de vários tipos que viveram na água, avançaram sobre a terra e formaram as plantas, animais e muitos outros seres vivos.
Tudo isso feito com a poeira das estrelas.
E todas as formas de vida evoluíram e tomaram a aparência que têm hoje.
Nós somos parentes de todas as formas de vida que existem.
Eu não me importo de pensar que sou parecida com os macacos. Afinal, eu não queria me parecer com girafas, hipopótamos ou jacarés.
Eu me sinto bem em dizer que sou parente das rosas e dos lírios, dos carvalhos e das jabuticabeiras, das joaninhas e das borboletas.

SOBRE A AUTORA

Ruth Rocha gosta muito de livros. Ruth Rocha gosta muito de crianças. Não é à toa que ela é a autora de mais de duzentos títulos de literatura infantil. Nascida em 1931, em São Paulo, a menina que cresceu ouvindo as histórias do vovô Ioiô e lendo *As reinações de Narizinho* de Monteiro Lobato, hoje dá nome a várias bibliotecas, tem milhões de leitores no Brasil e no mundo. Seu livro *Marcelo, marmelo, martelo* se tornou um dos maiores sucessos editoriais do país, com mais de 70 edições e 20 milhões de exemplares vendidos. Escreve do mesmo jeito que pensa e fala, com as palavras do dia a dia, sempre atenta ao cômico e ao poético da vida.

Em mais de cinquenta anos dedicados à literatura, a escritora já foi traduzida para vinte e cinco idiomas. Recebeu prêmios da Academia Brasileira de Letras, da Associação Paulista dos Críticos de Arte, da Fundação Nacional do Livro Infantil e Juvenil, além do prêmio Santista, da Fundação Bunge, o prêmio de Cultura da Fundação Conrad Wessel, a Comenda da Ordem do Mérito Cultural e oito prêmios Jabuti, da Câmara Brasileira de Letras. Em 2008, Ruth foi eleita membro da Academia Paulista de Letras.

Não suporta chatice. É contra qualquer forma de opressão. Acredita na liberdade. Seu lema é a alegria. Foi casada com Eduardo Rocha, que ilustrou alguns de seus livros e com quem teve uma filha, Mariana.

SOBRE A ILUSTRADORA

Arquivo da ilustradora

Veridiana nasceu, mora e trabalha em São Paulo. Formou-se em Arquitetura e deu muitas voltas até entender que desenhar o mundo, coisa que faz desde criança, poderia ser um trabalho. Isso faz quinze anos. Desde então, já ilustrou revistas, jornais e onde mais coubesse um desenho. E também mais de trinta livros de vários escritores diferentes.

Ela foi três vezes finalista do Prêmio Jabuti e teve seu trabalho exposto durante a Feira do Livro Infantil de Bolonha (2014) e na Bienal Internacional de Bratislava (2021). É autora do livro *O sonho de Vitório* (2012), publicado também no México e no Chile.

Esta foi a primeira vez que ilustrou um livro da Ruth Rocha e, segundo a ilustradora, foi como se o tempo desse um nó, onde a Veridiana-adulta encontrou a Veridiana-criança, fã e leitora ávida dos livros da Ruth. "Fragmentos de toda uma vida se sobrepuseram nesse momento. Uma colagem de tempos reais e imaginários, fotos e desenhos, bichos e plantas, desenhos da Veridiana e desenhos do Miguel. Um mundo composto e sobreposto para ilustrar um livro com várias histórias dentro dele (e que iluminou outras tantas histórias dentro de mim)."

E, apesar de achar que os gatos são seus parentes mais próximos, ela se sente muito bem em dizer que também é parente dos macacos, das plantas, das flores, das estrelas e da Ruth Rocha.

Para conhecer mais o trabalho da Veridiana:
www.veridianascarpelli.com
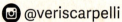 @veriscarpelli